Español
Geografía

California

por Sarah De Capua

Consultore
Nanci R. Vargus, Ed.D.
Profesora asistente de lectura
Universidad de Indianápolis
Indianápolis, Indiana

Traductora
Eida DelRisco

Children's Press®
Una división de Scholastic Inc.
Nueva York   Toronto   Londres   Auckland   Sydney
Ciudad de México   Nueva Delhi   Hong Kong
Danbury, Connecticut

Diseño: Herman Adler Design
Investigadora de fotografías: Caroline Anderson
La foto de la cubierta muestra la costa de California, en el condado de Monterey.

Información de Publicación de la Biblioteca del Congreso de los EE.UU.

De Capua, Sarah.
 [California. Spanish]
 California / Sarah De Capua.
 p. cm. — (Rookie espanol geografía)
Incluye un índice.
ISBN 10: 0-516-25107-4 (lib. bdg.) 0-516-25513-4 (pbk.)
ISBN 13: 978-0-516-25107-3   978-0-516-25513-2
1. California—Literatura juvenil. 2. California —Geografía—Literatura juvenil.
[1. California.] I. Título. II. Series.
 F861.3.D4313 2004
 979.4—dc22
                                     2004005001

¿Sabes dónde se encuentra el puente Golden Gate?

¡En el estado de California! Localiza a California en este mapa. Se encuentra en el occidente del país.

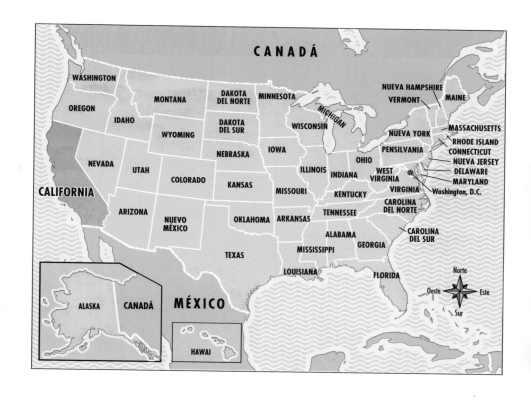

CANADÁ

WASHINGTON

OREGON

IDAHO

MONTANA

DAKOTA DEL NORTE

MINNESOTA

NUEVA HAMPSHIRE

VERMONT

MAINE

WYOMING

DAKOTA DEL SUR

WISCONSIN

MICHIGAN

NEVADA

UTAH

COLORADO

NEBRASKA

IOWA

ILLINOIS

OHIO

INDIANA

NUEVA YORK

PENSILVANIA

MASSACHUSETTS

RHODE ISLAND

CONNECTICUT

NUEVA JERSEY

DELAWARE

CALIFORNIA

ARIZONA

NUEVO MÉXICO

KANSAS

OKLAHOMA

MISSOURI

ARKANSAS

KENTUCKY

TENNESSEE

WEST VIRGINIA

VIRGINIA

MARYLAND

Washington, D.C.

CAROLINA DEL NORTE

TEXAS

ALABAMA

MISSISSIPPI

GEORGIA

CAROLINA DEL SUR

LOUISIANA

FLORIDA

ALASKA

CANADÁ

MÉXICO

HAWAI

Norte

Oeste

Este

Sur

5

En California, hay
paisajes muy diferentes.
Hay montañas, tierras de
cultivo, desiertos y bosques.

En California, hay dos grandes cadenas montañosas: la cordillera de Sierra Nevada y la cordillera de las Cascadas.

El monte Whitney está
en la cordillera de Sierra
Nevada. Es el punto
más alto de California.

Las tierras de cultivo de
California se encuentran
al oeste de la Sierra Nevada.
Las frutas, las verduras,
los productos lácteos
y el ganado vienen
de esta zona fértil.

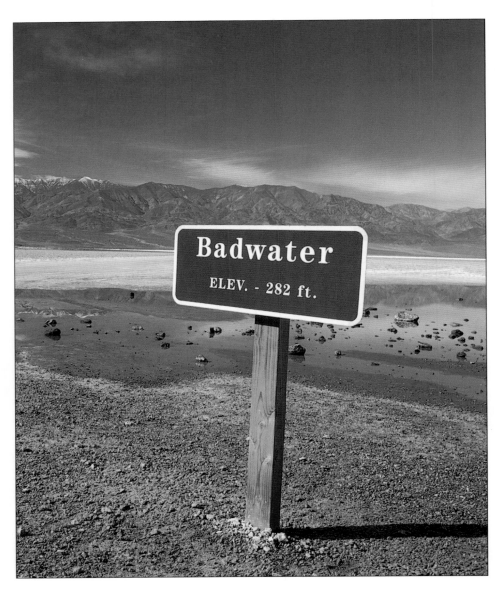

El punto más bajo de Estados Unidos se llama Badwater, que quiere decir, agua mala. Está en el valle de la Muerte. El valle de la Muerte es parte del desierto de Mojave, en el sur de California.

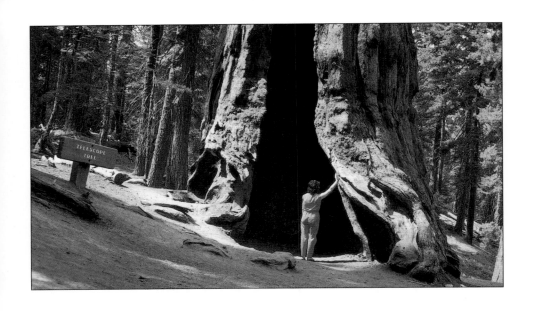

Los bosques del norte de
California están poblados
de árboles gigantes llamados
secoyas. Son unos de los
árboles más viejos y
grandes del mundo.

La secoya es un símbolo
del estado de California.

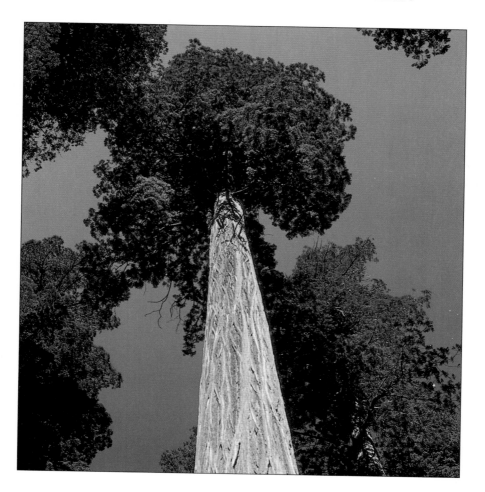

California está junto al océano Pacífico. Los pescadores pescan salmones, peces espada, camarones y calamares, en las aguas costeras de California.

Los Ángeles

Los Ángeles es la ciudad más grande de California. Sacramento es la capital del estado.

Otras grandes ciudades de California son: San José, San Francisco y San Diego.

Algunas personas que viven en las ciudades de California trabajan en la industria de la computación. Otras trabajan en fábricas donde se hacen aviones, naves espaciales y carros.

La mayor parte de los productos lácteos que consumimos vienen de granjas de California. La uva es una de los principales cultivos. Crece en viñedos. Las uvas se usan para hacer vino.

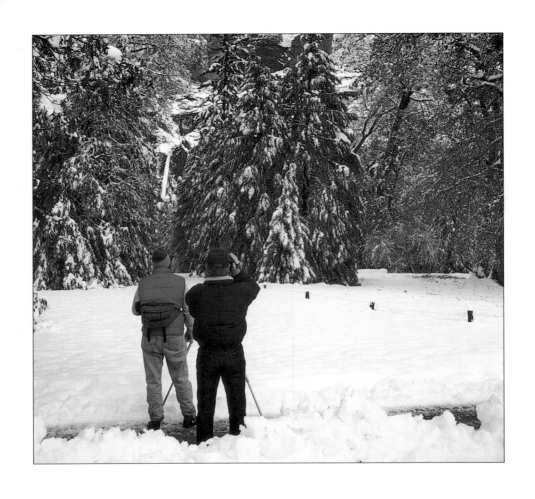

En el norte de California,
puede hacer frío y nevar.

El sur de California tiene un
clima cálido durante todo el año.

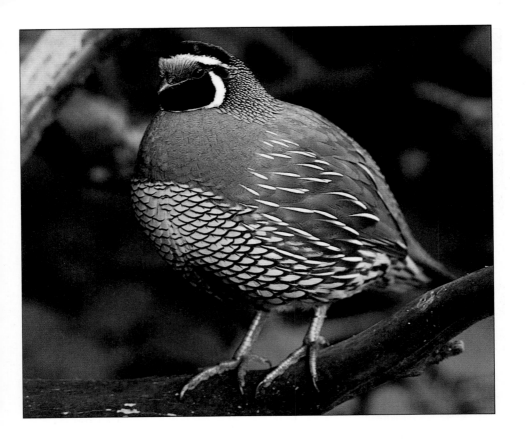

La codorniz de California
es el símbolo del estado.
Vive en el bosque.

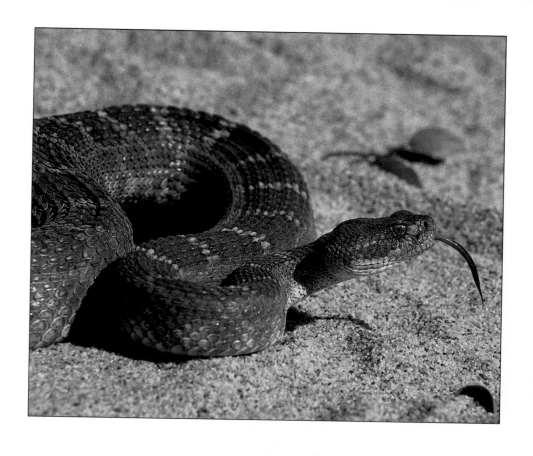

Los animales del desierto
incluyen liebres, lagartos
y serpientes de cascabel.

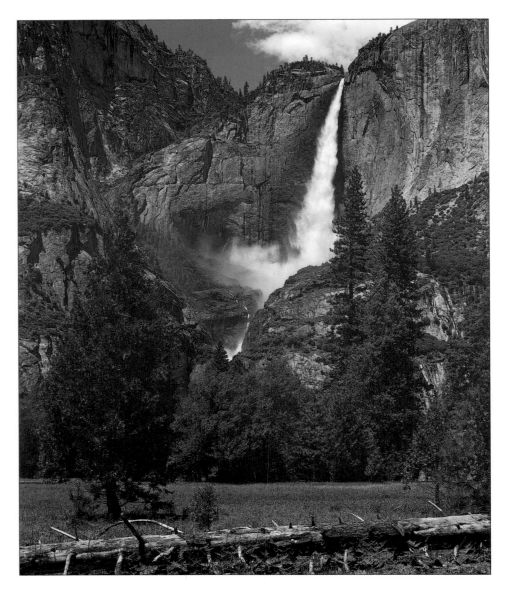

28

¿Cuál es el lugar de
California que más te gusta?

Palabras que sabes

valle de la Muerte

desierto

tierras de cultivo

puente Golden Gate

30

monte Whitney

océano Pacífico

secoya

viñedo

Índice

Acerca de la autora

Sarah De Capua es escritora y editora de libros para niños. Vive en Colorado.

Créditos de las fotografías

Fotografías © 2004: David R. Frazier: 28 (Mike Penney), 6 abajo a la derecha, 6 abajo a la izquierda, 11 arriba, 11 abajo, 12, 15, 18, 25, 30 arriba a la izquierda, 30 arriba a la derecha, 31 abajo a la izquierda; PhotoEdit: 17, 31 arriba a la derecha (Tony Freeman), 21 (Spencer Grant), 27 (Bonnie Kamin); Robert Fried Photography: 3, 6 arriba a la izquierda, 6 arriba a la derecha, 14, 22, 24, 30 abajo a la izquierda, 30 abajo a la derecha, 31 abajo a la derecha; Robert Holmes Photography: 9, 31 arriba a la izquierda; Terry Donnelly: tapa; Visuals Unlimited/John C. Muegge: 26.

Mapas de Bob Italiano